KB145569

너에게 띄우는
하얀 편지

김영주 시집

QR코드 스마트폰으로 QR 코드를 스캔하면 시낭송을 감상할 수 있습니다.

제목 : 고운 빛 고운 임
시낭송 : 박영애

제목 : 하얀 편지
시낭송 : 박영애

제목 : 헤아림
시낭송 : 박영애

제목 : 소리 없는 그리움
시낭송 : 최명자

제목 : 머물 듯 흘러가는 삶
시낭송 : 박영애

제목 : 그대 그리운 날이 있습니다
시낭송 : 김지원

제목 : 시린 가슴에 내리는 눈
시낭송 : 박영애

제목 : 호수에 내 마음이 흐른다
시낭송 : 박영애

제목 : 그대를 사랑하겠어라
시낭송 : 박영애

제목 : 그리움이 쏟아진다.
시낭송 : 박영애

제목 : 아픈 사람끼리
시낭송 : 박영애

제목 : 말의 울림으로 기쁨은 물결치고
시낭송 : 김락호

제목 : 달맞이꽃
시낭송 : 박영애

제목 : 그대 생각
시낭송 : 김지원

제목 : 가을의 향기
시낭송 : 박영애

시인은 자연을 이야기하고
시낭송가는 자연을 품었다.
글자는 날개를 달아 언어로 날고
소리는 자연에 눕는다.

시집을 엮으며

순탄하지 못한 삶을 살아오며 참 기구한 우여곡절과 함께하였지요. 누구나 말 못 하는 어려움이 있으리라 생각이 됩니다.

아프고 힘든 날들이지만 시들지 않는 마음과 정신으로 살아가는 이 세상에 모든 소중한 삶에 저의 작은 마음이나마 함께하는 정성으로 함께하려 합니다.

한 줄의 詩로 독자에게 전달하고자 하는 마음이 누군가의 곁에 영원한 사랑으로 다가간다면 더 큰 행복으로 여기며 열심히 살아가려 합니다.

지금의 코로나-19가 전 세계인에게 어려움을 안겨주지만 우리가 모두 함께 노력하고 이끌어 나간다면 좋은 날은 함께 하리라 생각됩니다.

언제나 건강에 유의하시고 힘든 순간도 긍정적 생각과 마음으로 자신을 다독이며 열심히 살아가 좋은 순간 좋은 날을 함께 이끌어 가시길 기원하겠습니다.

시를 아끼시는 분들의 따스한 사랑 응원과 격려 깊이 감사합니다.

시인 김영주

* 목차 *

1장 너에게 띄우는 하얀 편지

2장 머물 듯 흘러가는 삶

* 목차 *

* 목차 *

* 목차 *

4장 그대 별 향기

1장 너에게 띄우는 하얀 편지

당신을 향한 내 마음은
노을이 타는 빛보다 더 강렬했다가도
샛강의 물줄기처럼
고요하게 흐르고

숲 속을 뒤흔드는 바람이었다가도
지저귀는 종달새처럼
달콤해지는 감정의 울림을
어찌 한 줄의 글로 표현할 수 있을까요

" 하얀 편지 " 본문 중에서

나비와 꽃 그리고 햇살

예쁜 꽃

고운 향기

나비 한 마리 나풀거려

사뿐히 내려앉아

조용한 햇살에

기쁜 마음 날갯짓

사랑에 마음

행복을 전하려는

낮은 속삭임

찬란한 희망에 아침

꽃도 나비도 함께

모두 미소 짓는다.

하얀 찻잔에 서린 초록빛 사랑

초록빛 사랑을 안고
그리움을 담은 찻잔에
웃고 있는 그대랑
마주하는 듯한 느낌의 생각으로
아침이면 나는 행복합니다

미풍의 바람이 부드럽게
살갗에 다가온 느낌들은
상쾌한 기분을 주는
하얀 찻잔에 그려보는 시간이 되고
기분 좋은 생각의 하루로 엽니다

아침부터 밤이슬까지
온종일 그리운 사람이기에
연둣빛 사연을 꼬리 달고
애교를 부리고 싶은 마음에
빗장을 열고서 맞이합니다

상큼한 싱그러움에 취해
넋을 잃어버린 것 마냥
그대의 생각 속으로
그대의 향기에 기억으로
마음 출렁이며 샘솟는 기운을 줍니다

하얀 찻잔에 살며시 깃들며
행복을 만들어 주는
고운 마음 그대가 있어
파란 하늘이 안겨주는 희망으로
싱그러운 초록빛 사랑을 그려봅니다

행복한 미소 담은 찻잔은
언제나 희망을 마시는 잔으로
은은한 커피의 향기로써
향기로운 사랑 마음 되게끔
나 자신 노력하는 하루로 엽니다.

사랑도 꽃잎처럼

그리움이 흘러내릴 때면
마음도 사랑으로 그리움이 내리네
지난밤 꽃잎에 맺힌 이슬처럼
모든 기억이 맑은 구슬처럼 되어
몽실몽실 매달리는데

꽃은 잎새와 함께 피고 지고
새로이 지고 다시 피는데
마음에 핀 당신의 꽃은
사랑의 느낌으로
그리움만 달고 오늘을 여네

계절을 맞이하는 꽃들과 잎새처럼
마음에 고운 사랑의 꽃들도
한 아름 곱고 아름답게 활짝 피어
기쁨과 함께 온 세상은
싱그러움으로 가득 피어라.

고운 빛 고운 임

자연을 알고 세상에 눈을 뜬 후
귓전에 아름다운 음성이 들려왔습니다
어딘가 모르게 편안함으로 적셔주며
마음 깊숙이 영혼마저 위로를 받을 수 있는
그대 고운 음성을 들을 수 있었습니다

가슴 파고드는 보랏빛에 아름다움을
짙은 어둠 속에서도
마음에 무지개를 심어준 그대
오색찬란함이 보이는 공간보다
보이지 않는 공간에서 신비로움을 보았습니다

위로받고플 때 마음과 영혼으로 찾아와
하나하나 마음 섬세하게 쓰담을 주고
진정 귀하고 귀한 빛을
보잘것없는 작은 공간에서도
늘 함께할 수 있는 그런 하나에 빛을

오늘도 고운 빛 담은 그대, 임이여!
이 세상 어느 곳 힘들어하는 이가 있다면
영혼을 위로하고 마음을 위로하는
신기루의 찬란함처럼 모든 이에게 보이는
그대의 찬란함이어라!

제목 : 고운 빛 고운 임
시낭송 : 박영애
스마트폰으로 QR 코드를 스캔하면
시낭송을 감상할 수 있습니다.

그대를 사랑하겠어라

꽃들이 소란 대며 일제히
일어나는 아침
밤사이 함께 잠들었던
그리움도 따라 일어나
그대 없는 하루가
죽음이라 해도
그대 숨 쉬는 이 하루를
나 또한 숨 쉬며 살겠으니
나는 기쁨으로 눈을 뜨고
단정한 나의 뜰 안에
그대를 들여놓고
그대를 사랑하겠어라

강가에 반짝이는 은어 떼의
비늘처럼
눈 부신 태양이
한낮을 가르칠 때
멀리서 지켜보는 그대는
청결한 아름다움
꽃 이슬의 투명함으로 한 방울 떨어진
그대는 알알이
진주로 맺히고
나 하늘 아래 누구도
그대를 아프게 하지 못하게
내 전부를 걸고 맹세하노니
그대를 사랑하겠어라

신이여, 우리를 갈라놓으려 한다 해도
운명을 거슬러
하늘과 맞서나니
우리엔 불보다도 뜨겁고
강보다 더 거침없이 흐르고
바다보다 더 깊은 믿음이 있나니
우린 사랑하겠어라
끝내 우리는 사랑하겠어라.

제목 : 그대를 사랑하겠어라
시낭송 : 박영애
스마트폰으로 QR 코드를 스캔하면
시낭송을 감상할 수 있습니다.

내 마음에 그리움을 주는 그대

나에게는 그대가 있어
그리움을 알았습니다
마음으로 솟아내는 따스함을 알기에
그대의 마음에서 솟아나는 그 감정도
왠지 가슴 설레이게 합니다

오늘은 그대가 무척 보고 싶고
그립다고 생각됩니다
자주 접하지 못하는 삶의 시간 속에서
아쉬움이 온통 밝아오는 창 너머
세상에 자연 속에 묻히고

대지 위에 푸른 잎에 이슬방울들이
밝아오는 아침을 맞이하고 있습니다
온밤 내 온통 그대 생각에
날밤을 새우고도
삶의 테두리 속에 또 하루를 맞이합니다

그대의 느낌이 눈앞에 와닿습니다
그리운 감정에 사로잡혀
보고 싶다는 느낌으로
이 가슴속에 그리움을 알게 해 준 그대여!

변함없이 그대가 안겨주는 그리움은
보다 더 나은 만남을 위해
참고 또한 기다려야 하겠죠!
그리운 그대의 생각 속에서
온통 그대의 것으로 만들어 버려도

밝아오는 이 아침과 함께
그대의 생각으로
여전히 나는 그대를 그리워하겠습니다.

내 마음의 별

내 마음에 별을
저 하늘에 묻어두고
보고픈 생각이
날 때마다
살짝 꺼내어
그윽이 바라보다

누가
훔쳐볼까 두려워
얼마 보지 못한 채
아쉬움을 남기고

다시금
저 하늘 나만이 아는
어느 한구석에
묻어두지만

바쁜 생활 속에
행여나 잊고 살까
날이면 날마다
꺼내 보아도

돌아서면 그리워지는
알 수 없는 마음에
이제는 네 마음
별이 되어
저 하늘 같은 곳에
묻히고 싶다.

내 안에 너를 두고

내 안에 너를 두고
꿈을 키우며
흐르는 시간을
바라봅니다

희망으로 가는 길목
붉은빛 꽃잎이
곱게 여울지는 길과
비단결 같은 하늘

은혜로움으로
주어진 일상을 감사하며
미래에 대한 열정으로
절실한 마음은

이 계절에
내 영혼과 함께하는
모든 기쁨의 사랑입니다

내 안에 너를 두고
부대끼는 삶도
열심히 살면서

미소를 지을 수 있는
긍정에 마음은
오로지 그대에 향한
사랑이 있기 때문입니다.

꿈길에서

꿈길에서도
밤하늘 수놓는 별빛
추억 내리는 달빛 속삭임

정겨움으로 피우며
추억 남기고
소리 없이 웃는 예쁜 그대 미소

하고픈 이야기들
밤새워 조용히
가슴에 피어오르는 정겨움

그리워하는 사랑은
간밤 꿈길에서 다가와
내려앉았습니다.

무명초

밤이슬
내리는 길에
보고픈 임
기다리는 무명초

임 따뜻한 마음
정이 그리워
예쁘게도 피웠네

밤새 이슬 내려
그리움마저
온몸 적시며
기다린 마음

그 슬픈 사랑도
밝은 빛 내리는
아침을 힘내어
기쁘게 맞이하고

그리운 마음
정다운 마음
다정스러운 맘 느껴지는
그리운 임 생각

그대 곁에 있음에

자연과 꽃을 보며
한 편에 시를 쓰고
음악을 들으며
마음은 리듬 속에
잠겨 보아요

진정 빛나게 하는
소중함은
아무 말 없이도
그냥 곁에 있어 주는
바로 그대입니다

그대와 있으면
고운 생각을 읊으며
노래도 부르고
기쁜 마음이 되며
마음이 편안해집니다

우리 함께하는
소중함을 알기에
믿음과 사랑으로
몸과 마음도
기쁨으로 언제나 함께하죠.

나의 창 밤의 향기

밤이 내린 뜰 앞
하늘을 바라보니
달빛 속에 구름
소리 없이 흐르고

반짝이는 저기 별들
속삭이는 밤하늘
이어지는 여울은
오늘 밤 아름다워라

유성이 떨어지는 밤
그대 향한 맘이 흐르고
가슴에 지닌 추억들
보고픈 마음이 되어

밤하늘 은하수 강
생각의 돛을 달고
이 밤의 향기로써
눈물 빛 어려 반짝이네.

그대 별이 되어

그대 별이 되어
그대 우울하고 지쳐
마음 위로받고 싶을 때
옆에서 훤한 모습으로
그대 별이 되어서는

그대는 소중한
사랑스러운 사람이라고
속삭이는 별이 되어
그대 기쁘게 하려고
별빛으로 다가가렵니다

그대 빛나는 별을
쳐다보지 못하여도
옆에 언제나 항상
빛을 드릴 수 있는
그대 별이 되어서

가끔 별을 보면서
미소 짓기를 바라며
사랑하는 누군가가
그대만을 위하여서
소중하게 만들어낸
그대 별이라는 것을

그대 생각 속에서

빈 공간에서
당신이 좋아하는 음악을
함께 하고 있어요

남겨진 나의 창엔
그리움으로 물드는 밤
음악이 흐릅니다

따스한 정이 그리워
언젠가는 만날 날
기다리지요

생각나는 사람
마음에 간직한 사랑
전하고 싶습니다

쉽지 않은 수많은 날
그대가 무척
그립다고 생각하면서

사랑에 인연

한 사람으로 태어나서
한 사람을 만나
깊게 사랑하는 일은
참으로 쉬운 것이 아닌
것일 테죠

인연은 소중합니다
사랑으로 만나는
인연은 이 세상에서
가장 고귀함이며
정말 아름다운 인연입니다

사랑은 아름답고
소중한 것이며 진실이 통하는
인연은 더욱 소중하기에
소중한 만큼 사랑은
오래도록 지속되어야지요

잘 간직한 사랑만큼
아름다운 것은 없으므로
아름답고 고귀한 만큼
세상에서 행복을 주는
아름다운 사랑입니다

가장 소중한 사랑이며
아름다운 인연이기에
많은 사람에게서
마땅히 존경받게 되고
축복을 받게 되는 것일 테죠.

하얀 편지

당신은 아시나요
사랑하면서도
가슴 한구석에는 빛바랜 시집을
움켜쥐고 있는 쓸쓸한 마음을요

당신을 향한 그리움을
숱한 언어로 쓰고 또 써보지만
단 한 줄도 당신을 생각하는 마음을
표현할 수 없어
가슴속에는 파도 소리만 출렁이는 것을요

당신을 향한 내 마음은
노을이 타는 빛보다 더 강렬했다가도
샛강의 물줄기처럼
고요하게 흐르고

숲 속을 뒤흔드는 바람이었다가도
지저귀는 종달새처럼
달콤해지는 감정의 울림을
어찌 한 줄의 글로 표현할 수 있을까요

당신은 아시나요
보고 싶다고 사랑한다고
늘 쓰고 싶지만
그것이 당신에게 아픔이 될까 봐
내 편지는 언제나 하얀빛 색깔이 되어
또다시 서랍 속에서 그대를 기다리는 것을요

하얀 편지가 갈 빛으로 물들인 날이 오면
그대에게 말할 수 있을까요
당신을 사랑한다고
당신의 전부가 되고 싶다는 걸요.

제목 : 하얀 편지
시낭송 : 박영애
스마트폰으로 QR 코드를 스캔하면
시낭송을 감상할 수 있습니다.

믿음만이 사랑이어라.

사랑과 믿음 상대의 말과 행동을
겉으로는 깊게 생각해 보아도
분명한 것은 알 수 없겠지요

사랑한다면 믿고 존중도 해야 합니다
진정함을 눈으로 본 게 아니라면
사실은 생각만으로 알 수 없습니다.

진정한 사랑이면 진실을 말할 것이고
그 진실을 믿을지 말지는
스스로가 선택해야 할 뿐입니다

진실이 아니라는 사실을 알게 되면
늦기 전에 진정한 만남을 만날 수 있는
다른 흐름을 찾아야 합니다.

사랑과 진실을 속이는 자는 떳떳하지 못하기에
남을 쉽게 의심하며 속이고
오래가는 사랑은 할 수가 없겠지요

사랑은 믿음이며 서로가 존중해야 하는 것
자신이 사랑을 믿음으로 이끌어 갈 때
사랑은 신비한 힘을 지니며 당신 옆에 머물지요

믿으며 웃던 날들은 모아 보면 행복이 되고
믿으며 좋아했던 날들을 모아 보면 사랑이 되고
믿으며 노력했던 날들을 모아 보면 꿈이 됩니다.

향기를 담은 사랑

가슴을 울리고 마음으로
곱게 스미는 사랑
한 떨기 꽃 피우며
그윽한 향기 수줍은 가슴

향긋하게 부는 바람결
아름다운 속삭임
노을빛 고갯마루
두 손을 잡은 연인

연붉게 물든 비단결 같은
정겨움이 하늘에 흐르는 듯
고운 모습 향기 담은 사랑
끝없이 이어져라.

그리움이 쏟아진다.

별이 쏟아진다
술잔에도 사랑의 마음이 울고
그리움을 적신 술잔을 마신다
너의 그리움이 쏟는다
사랑의 마음이 쏟는다

아름다운 별 밤에
고개 숙인 맘 달래 보며
가슴이 머무르는
여울의 길목에
바람의 향기 젖어든다

가슴앓이는 공간에
슬픈 음악의 리듬
서러운 사랑의 느낌이
한줄기 폭풍의 바람처럼
포장마차 안에 울컥 지나간다

하루가 안타까운 마음
밤꽃 피우는 쓸쓸한 뜨락에서
별을 세고 또 세어보며
너의 느낌 너의 모습
너를 향한 사랑을 그리워한다.

제목 : 그리움이 쏟아진다
시낭송 : 박영애
스마트폰으로 QR 코드를 스캔하면
시낭송을 감상할 수 있습니다.

사랑을 담아서

구름처럼 머물다가는 자리
가슴 한편에 꿈틀거리는
외로움도 펼쳐보며
감성을 쏟아 보려무나
보고픈 사랑을 담아서

머무는 곳곳마다
함께는 할 수 없는 사랑도
서광으로 비치는
글 향에 젖은 마음 채우며
생명의 존엄 사랑을 담고

냇물이 줄줄 흐르듯
강물이 흐르듯이 흘러
출렁이는 너울처럼
넓은 바다로 흘러가
마음의 영혼과 사랑을 담자

세월의 그릇에 인생의 꽃
살아가는 슬픔과 사랑도
아름답게 피워낸
너의 향기 짙게 품어보면
계절에 담아내는 고운 향기

힘든 길이면 쉬어가자
다시 피워낸 노래 부르며
생의 깊이에 버무려진
너의 느낌으로 우려진
찻잔을 나누자 사랑을 담고

민들레

숲에서 이는 맑은 공기는
행복한 하루를 주고
그리움 속의 그 미소는
내게 행복을 주네

아름답게 곱게 스치는
계절의 고운 바람
상쾌한 느낌으로 다가오니
오늘이 아름다워라

마음에 예쁜 모습
오래 간직하고 있기에
하얀 꿈 키워내며
민들레 홀씨 바람에 날린다

그리운 너를 떠올리며
노란 꽃 예쁘게 피워
하얀 사랑 키워내어
민들레 홀씨 바람에 날린다.

2장 머물 듯 흘러가는 삶

화려한 매무새는 아니어도
이루지 못한 꿈 숙여 가며
마음에 스치는 쓸쓸함을
끌어안고 내는 숨소리

그리움아! 너는 알고 있니
새벽에 풀잎에 맺힌 이슬처럼
애달픈 사랑에 울컥하며
그리움을 참는 마음을

" 머물 듯 흘러가는 삶 " 본문 중에서

영롱한 아침

아침의 창을 열면
온갖 기운들이
하나로 달려와
나에게로 안깁니다

상큼한 느낌을 따라
나서는 아침은
걸음 하나하나에
세상의 신비가 담아지고

나의 귀와 마음을
행복으로 열게 하고
다정히 속삭이듯
가슴을 부풀게 합니다

밝음에 하루를 열면
세상의 아름다움이
모두 하나로 달려와
나에게로 안깁니다

상큼한 공기를 따라
나선 청아한 아침은
내 마음을 마냥
기쁨으로 가득히 채웁니다.

꽃별

마음 안에 꽃별이 있어
보고픈 향기로 그 별만 찾는다
보고 싶음, 굶주림 못다 채운 어리석음
언제쯤이면 그 별을 찾을 수 있을까

눈을 뜨면 찾고 싶은 마음
휘젓는 나래 노 저어 가는 세월
하나의 동궁 안 옹달샘은
아직도 마르지 않았는데

가슴속 목마름으로
헐떡이는 숨결 느껴보며
꽃별을 찾아야 한다
꽃별을 찾아라
초침 외침에 오늘도 눈을 뜬다.

살다가, 살다가 보면

바라는 것들이 잘 안 되는 세상
눈물마저 메마른 세상
자연을 벗 삼는 메마른 가지
비바람에 흐느껴 울면서
아름다운 꽃을 피우게 되는 것처럼

부지런함으로 자신감을 가지고
자연의 순리의 법칙으로 가죠
빛이 잘 드는 양지도
한순간 그늘을 갖게 되고
그늘도 또한 햇빛을 가지는 순리

어려움으로 깊게 멈추지는 말아요
어려움에 부닥칠수록
자신이 자신을 돌보며
좋은 생각 좋은 마음으로 떠올리며
슬픔보다는 기쁨으로 긍정적 마음을

주변 하나씩 사랑해 나가요
돌고 돌아서 물 흐르듯 하는 순리
마음 하나 밝음과 맑음으로써
좋은 일들은 조금씩 시간 속에서
희망의 빛을 갖게 되겠죠.

마음이 마음에게

어스름한 하늘에 시선을 멈춘 건
그대 가슴에 내 간직하고
있는 것 같은
다정한 별 하나를 찾기 위함이다

내 안에 이기심과
그대 가슴에 가볍게 자리하지
못하는 무덤덤한 표정들로
어느 만큼의 거리에 서 있음이 더 슬프다

이제 그 무덤덤하던 표정에서
나를 지워야 한다
쉽게 흔들리는 나의 의식을
모두 지우고

그대 앞에 겸허한 마음과
정갈한 눈을 갖고 설 수 있음을 다짐할 때
비로소 그대 가슴에 그리움 심어줄
별 하나를 본다

손을 내밀어 받아 들어야 하나
내 찾는 별 하나가 그대에게 어떠한 의미가 될까
내 속 낡은 이기심을 버리고
가장 깨끗할 마음을 그대에게 보낸다.

만약에 힘든 일이 있다면

지금에 삶에 있어
만약에 힘든 일이 있다면
순간을 배움에 시간이라
생각하세요

지금 순간이 어려울수록
마음을 잘 다스려야
자신이 발전하게 됩니다
그리고 힘을 내셔야 해요

마음은
많은 것으로 차 있을 때
울림이 적습니다
조금은 비우도록 해 보세요

마음을 조금 비워버리고
힘든 일을 접하는 마음은
어느새 맑은 울림으로
빛나는 결과가 될 것입니다.

머무는 흐름 속에서

내 품 안에서
내 마음에서
영원히 머무는 것은
하나도 없습니다

다만 나 자신이
노력하며 깨달으며
흐르는 강물처럼
그렇게 흘러서 갈 뿐이 외다

깨달음을 찾기 위해
숲을 거닐고
강을 바라보며
하늘과 별과 달도 함께 친구 하며

영원히 머무는 것은 없지만
영원히 흐르는 의미는
존재하니까요.

내일로 가는 길

지난 시간 알록달록 피웠던 꽃
열매가 맺혔습니다

꽃잎이 있던 자리 희망이 자랍니다
고운 숲이 노래하고
바다는 젊음으로 춤을 추니
큰 기쁨을 주고

바라보는 마음 지켜보는 마음
사랑의 마음들이 모여
오늘이 너무도
아름답게 빛납니다

하루 밝으면 해가 떠올라
바람과 함께 내일로 가는 이길
행운은 기다리지 않아도
오늘이 행복합니다.

내 사는 날까지

욕심을 버려보자
마음을 비워보자
몇 번이고
몇 번이고
외이고 되뇌며

지그시 눈을 감고
부질없는 생각
흩어진 마음들
명상의 시간으로
깊게 생각을 정리하리

얕음과 엷은 마음
하나둘
더 깊은 맘으로 채워
오늘에 판단보다
더 깊은 마음으로
내일을 맞이하리

채워도 부족하고
다듬어도 부족하지만
오늘보다 내일
더 깊고 맑은 생각으로
채워보리라
내 사는 그날까지

희망의 가을 품으로

가을은 더욱 짙어가네요
이 세상 모든 이에게 희망을
가슴 깊이 심어주는
그런 계절이면 합니다

지난 어려운 것 그 힘든
모든 순간을 없애 주는
희망을 주는
가을이면 좋겠습니다

대지 위에 생기를 쏟아
아픈 이에 가슴 하나하나
희망의 잎을
희망의 꽃을
희망의 물결로 이어져

힘들어하는 이들에게
씻어 버리듯 희망으로
가슴에 기쁨을 주는
가을이면 좋겠습니다

계절의 햇살 가을은
더욱 짙어지고 좋은 계절의 모습
꿈을 포옹하며 희망을 주는
그런 가을이면 좋겠습니다.

내 가슴으로 물들이는 세상

내 가슴부터
활짝 핀 꽃처럼
만개하여
고운 모습으로 살면

온 세상 물들임에
모든 이가
함께하는 미소
밝은 표정으로 보이네

하루를 열어가는
우리 삶의 모습
우리들의 세상
밝음만이
미래일 것 같은 느낌

우리의 고운 사랑
모든 일 오늘 이날이
최대의 노력만이
다할 뿐인 것을

인생의 흐름 속에서

순조롭게 이어지는 고운 세상 눈부심으로
파란빛 하늘 아래 떠 있는 하얀 솜구름
마주치는 눈동자 미소의 정겨움 은
부족한 마음마저 그리움을 알게 하고

생각할 수 있는 여유로 움으로
비췻빛 여운을 담고 영혼으로 다가오는
우리 살아가는 행로 삶의 기로에서
슬픔과 기쁨이 갈라지며 하루가 이어지는 일들

자신의 부족함으로 눈물로 지새우는 날
깊은 밤에 혼자 싸우는 고독한 시간은
순수함마저 버림으로써 더욱 웅크려지는
서러운 운명의 영혼을 이겨내고 참아내며

때론 눈시울을 적시며 슬픔과 싸우는 한숨도
스스로 얼마나 슬기롭게 이겨가야 하는 길
삶의 날이 밝아지는 여명을 곱게 생각하고
향기 가득 채워서 가는 유일한 삶의 길이어라.

내일을 품는 장미

가시 돋은 장미
서러운 꽃잎에
고이 맺힌 눈물방울

어우르는
바람에 힘으로
부대끼며 살지만

청명한 아침이 오면
녹색 잎 숲길 싱그러움에
해님에 미소

세월의 강으로
서럽던 마음은
더욱 강인해지고

고운 마음으로
고운 힘을
마음에다 품고

곱게 내리는 햇살에
짙은 사랑의 향기로
내일을 살며시 품는다.

부르고 부릅니다.

구름은 구름을
바람은 바람을 부르나니
사랑은 사랑을
눈물은 눈물을 부르나니

가슴 안 그리움은
더 큰 그리움을 부르지요
적은 물은 큰물을 당기고
작은 불은 큰불을 합치리오!

마음에 정은 또한 정을 당기고
작은 화는 큰 화를 부르리오
작은 희망은 큰 희망을 부르고
작은 좌절은 큰 좌절을 맞이하리오

어쩜. 같은 형태지만
우리는 왠지 무딘 느낌으로
쉽게는 느끼지를 못하고
살아가고 있는 것 같아

맑은 마음으로 살펴보면
모든 법칙은
같은 형태로써
음과 양이 서로 부합되니

점점
엉키면서 점점 크게 변하며
끌어당기고 있으리오

그러하기에
오늘에 나의 작은 웃음이라 하더라도
내일은 큰 웃음을 가져다 안겨 주리오.

존재의 의미

내 품 안에 내 마음 내 손 안에서
영원히 머무는 것은
하나도 없습니다

나 자신이 노력하고 깨달으며
흐르는 강물처럼
흘러서 가는 것 이외다

숲을 거닐며 강을 바라보고
하늘과 별과 달도
자연과 함께 친구 하며 어우러져

마음 비워 웃으렵니다.
영원히 머무는 것은 없지만
영원히 흐르는 의미는 존재하니까요.

아픈 사랑을 위해 드리는 시

아픈 사랑의 기억이 흐르는 강
설움에 젖은 눈물
막을 수 없지만

지난 기억만을 떠올리면
그 사랑은 지울 수
없을 뿐이야

기억 저편의 강
그 사랑을 그리워하기에
또 아픔뿐인 거야

가슴에 더 큰 사랑의 수를
생각하며 예쁜 마음으로
마음 고운 수를 하나씩 놓다 보면

하늘 저편
떠오르는 태양 아래
사랑의 파도 출렁임 위로

삶의 그리고 싶었던
희망의 새는 다시 날아오리오.

작은 기쁨과 작은 행복

서러움이 밀려 와도
찾아보면 기쁨이 있고
불행이 밀려와도
찾아보면 행복이 있는 것을

작은 만족에 마음에서
기쁨은 찾아오는 거래요
작은 기쁨도 소중히 여기는
마음이 필요해요

우리의 삶에 올바름은
어떠한 목표를 정해놓고
조금씩 나아가는 것이
우리 삶이 아닐까요

삶이 힘들지라도
오늘도 맑은 하늘에
희망에 해는
떠오르고 있습니다

작은 기쁨과 작은 행복을
감사하며 활짝 웃어요
우리들 삶의 내일
큰 기쁨과 행복을 위해

헤아림

헤아림이란 지쳐가는 몸에게
위안과 용기를 주는 것이라면
육체는 보이는 곳을 탐하는
욕망의 덫은 아닐까

맑은 눈과 마음으로 바라보려무나
깊은 뜻을 전달하는 것일진대
무둔 하게 알지도 못하고
무언으로 그냥 사라져만 가잖아

무위에서 진무로 가는 길
정영 소중함은 무엇일까
정신과 육체는 태초에 둘 다
소중하기에 창조되었을 텐데

바라보려 하지만 잡히지 않는 그곳
깨달음의 헤아리는 생각은
미묘한 깊은 곳을 볼 수 있는
신비스러운 힘의 핵심은 아닐까

힘든 육체면 생각이 깊어지나 봐
온몸 힘없이 지쳐 가는데
생각은 심오한 깊은 곳 교감되어
더 넓고 아득한 곳을 넘나 던다.

제목 : 헤아림
시낭송 : 박영애
스마트폰으로 QR 코드를 스캔하면
시낭송을 감상할 수 있습니다.

아픈 사람끼리

무거움이 가중된
대지 위에 갈등
이제나
저제나
님이 오시려나
애태움만 타오르네

한 편의 행복은
기쁨에 머물게 하지만
가끔은 눈물로 적셔오면
우리 서로
메이지는 가슴이기에
함께 가야 하는 길

사랑이여 슬픔이여
미움과 그리움이여
한순간 아픔으로
백 년도 부족한 세월에
우리서있으니
서로 변치 말자

웃자 내일을 위해

오늘을 살며

함께하는 날까지

허황한 세월도

서로 아우르며

서로 아파하며 살아요.

제목 : 아픈 사람끼리
시낭송 : 박영애
스마트폰으로 QR 코드를 스캔하면
시낭송을 감상할 수 있습니다.

소리 없는 그리움

많이 지치고 힘든 일상일까
가만히 쳐다보는 창가
저편에 그리움이 서 있습니다

추억이라 하던가
계절 저편의 그리움이 길게 여운을 남기며
뿌옇게 사라집니다

언제나
그대를 생각할 수 있어
행복합니다

산 넘어 햇살이
당신에게 갈 때쯤이면
그리움을 한 움큼 진
추억이 찾아옵니다

내 곁에 서성이는 추억
한 장 한 장 페이지 넘기는
기억 속에서
그대 모습 발견하고는
핑 도는 눈물이 눈 앞을 가리고
다독여 주는 시간 앞에 목을 놓습니다

언제나 밝고 아름다운
그대 사랑이기에
오늘은 유난히 보고 싶습니다

추운 계절 흰 눈이
아름다워 보이지 않음은
추위를 몹시 타는
그대의 건강 때문입니다

내가 살아갈 수 있는 이유
그 이유가 당신이기에
죽을 때까지 그대 사랑이 되고 싶습니다

시간은 너무도 빨리 흘러갑니다
길거리에 나뒹구는 메마른 낙엽들을 보노라면
겨울이 오고 있음을 알 수 있습니다

당신 걱정이 많이 됩니다
건강하게 당신을 지켜주며 바라보는
그런 따사로운 당신의 해가 되고 싶습니다

당신의 힘이 되어주고 싶고
운명이 되고 싶은
나는 당신의 전부가 되고 싶습니다

쑥쑥 키 자란 어둠이
깜깜한 별자리에 오르고
그만큼 커져 버린 그리움으로

지금쯤 내 사랑은
어디에서 나를 생각하는지
해가 지는 창 너머로 크게 손짓하여 봅니다.

제목 : 소리 없는 그리움
시낭송 : 최명자
스마트폰으로 QR 코드를 스캔하면
시낭송을 감상할 수 있습니다.

꽃잎아 미안해

어제 초저녁부터
무슨 일로 와이파이가
모두 다운이 되어
하룻밤 지새운 자신이
인정이 없는 듯한
바보가 되는 마음입니다

어느새 스스로
놀라지 않을 수 없는
변해있는 모습
정원 꽃잎인데 송구스럽고
많이 미안한 느낌이
출렁이는 날의 아침입니다

밤새 이슬 맞으며
젖어있는 꽃잎인데
밤 인사도 못 한마음이
자꾸 마음 걸리어
부끄러워 미안해하며
외쳐보는 마음입니다.

내 눈을 감으면 그대가

조용히 마음을 가다듬고
장밋빛 마음으로 물들이면
소리 없이 다가오는 그대여!
많은 아쉬움 속에 그래도
하나만의 사랑을 만들기 위해
내 몸에 엉키는 가시넝쿨 사이에도
짙은 향기 드리운 체
말 없는 침묵 속에 눈을 감아보면
그대의 미소 띤 얼굴이 내 가슴에 가득히
미친 듯이 달려온다

세상 모든 것이 고달프고 힘들어도
그대 모습 하나의 사랑으로
동그라미를 그려보면
지친 몸도 마음도 가벼워진다
그리움을 달래며 마을 어귀에 울긋불긋
울타리처럼 역긴 장미꽃담장 길을 따라
길게 뻗은 오솔길을 걸어가면
어디선가 나의 사랑 그리운 모습
임의 미소가 나를 반긴다

가슴에 뛰고 있는 맥박의 움직임
나의 뜨거운 정열의 피와 어울려
마음의 동네에 울긋불긋 꽃을 피우니
하나의 그리움과 어우러진
장미꽃 넝쿨 울타리여라
그대 모습 하나만이 떠오르는 오솔길에서
고운 꿈 가득 그려지는 사랑 때문인가
내가 눈을 감으면 그대가 있다
아주 가까이 아주 가까이에서
내 눈을 감으면 그대가 있다.

아침

아침이 오면
간밤 아득한
꿈자리를 털고

창을 열면
온갖 세상의 소리
하나로 달려와
가슴으로 안긴다

상큼한 공기에 나선
청아한 아침은
내딛는 걸음마다

세상의 신비를 담아
내 귀와 내 마음을 열게 하고
속삭이듯
가슴을 부풀게 하네

뒷동산에 아침이
이렇게 밝아 오면
멋진 오늘 하루
나의 삶은 시작되고

서서히 아침을 몰아내는
뜨거운 태양의 입김을
내 조용히 희망을 가득 안고
받아들일 수 있으리

고운 빛 좋은 날

고운 빛 좋은 날은
그대 영혼에 맑음에 고운 빛이
놀라운 에너지가 되어
하루의 고운 빛이 됩니다

그대의 영혼의 울림은
항상 맑은 마음을 좋아하고
항상 맑은 생각을 좋아하고
항상 맑은 눈빛을 좋아하니

보이지 않는 공간에서도
좋은 에너지로 전환되어
부드럽고 감미롭게
좋은 느낌은 자연과 함께
짙은 여운으로 이어가지요

태양에 눈부신 빛처럼
그대의 고운 빛은
살아가는 에너지가 되고
고운 별에 아름다운 빛이
되기도 합니다

오늘 아름다운 날은
그대의 영혼의 맑음에서
솟아 나오기에
기쁜 출발의 시작이 되고
삶의 마라톤이 되기도 합니다.

행복하세요.

고달픔도
밝은 웃음 하나 있으면
희망이지요

사랑도
밝은 웃음 하나 있으면
고운 사랑이지요

유월에 녹색
싱그러움 속에
장미의 고운
정열에 사랑처럼

기뻐하는
사랑의 마음으로
행복하세요

삶의 힘든 일도
밝은 웃음 하나 있으면
희망이지요

겨울에 하얀
순결함 속에
백설의 순백
아름다운 사랑처럼

감사하는
고운 마음으로
행복하세요.

말의 울림으로 기쁨은 물결치고

그대 마음에 고운 빛을 가지고
전해주는 고운 말의 표현에서
영혼 맑은 울림이 되고
온 가슴 속에 행복을 안겨줍니다

바라볼 수 없는 공간이라도
언제나 고운 느낌과 함께하며
세상 살아가는 험난한 길에
마음에 불을 밝혀주는 등불이 됩니다

깜깜한 어두운 밤하늘처럼
별마저 보이지 않는 순간도
건네는 고운 말과 밝은 마음은
많은 이에게 사랑을 안겨줍니다

때로는 방황하는 한순간이 오더라도
고운 말과 함께 사랑으로 대하면
발길마다 그 빛은 세상 모든 곳에
밝은 등불을 밝히게 됩니다

행복을 주는 천사처럼
영혼의 물결에 비치는 당신
그 무엇도 소중히 느낄 수 있는
참다움으로 기쁨을 주는 빛이
오래 남게 될 것입니다.

제목 : 말의 울림으로 기쁨은 물결치고
시낭송 : 김락호
스마트폰으로 QR 코드를 스캔하면
시낭송을 감상할 수 있습니다.

기억(2)

눈 감으면 마주했던 시간이
아쉬움으로 남아 아주 먼 기억의
저편에 있습니다

떠오른 아픔 밀치며 잊으려 해도
바람이 스치며 꽃잎 흔들리듯
마음을 흔듭니다

에덴의 길 지나치며 구름이 머물든 길에
순수한 마음으로 맺은 약속은
시간으로 사라지고

아린 향기 피우고 기억에 여울치며
안타까움을 남긴 아픔은
파도에 흐느낌인가!
바람의 속태움인가!

얼마나 더 아린 향기 피워 오르면 멈춰질까
안타까움으로 남은 그대 향한 기억이
언제쯤이면 멈추어질까!

추억의 언덕길 저편 구름이 갔던 길
저만치 가버린 세월 돌아보니
쓸쓸해져 눈시울 적십니다.

얼굴

황혼이지는 노을 속에
그려지는 얼굴 하나
무엇인가 가슴에 담긴 말들
저 외로움으로 자란 나무가
어느새 고목이 되어버려도
그저 가슴에만 조용히
담아야 하나 보다.

흐르는 강물 속에
비치는 얼굴 하나
너의 얼굴 그려보며
흐르는 세월에 꽃잎 하나둘
떨어지는 모습 보며
오늘도 유유히 흐르는
강물만 바라보고만 있다.

내일이면 다 지나가리다.

슬픈 생각 호수에 빠뜨리며
잊으려는 그리움도
마음에 찾아와 울리고는
호수 옆 친구 되어 앉았노라

물결 위 휘영청 비춰주는 달빛에
그리움도 가슴으로 파고드니
유수 같은 세월 흘러가는 서러움에
참던 슬픔마저 호수에 빠뜨리네

호수에 비치는 달 아래 밀려오는 생각
슬픈 산야에 내리는 달빛 아래
밤새 외로이 보내는
슬픔이 스며들며 지새우는 밤

고개 들어 보니 구름이 지나가고
비춰주는 달도 흐르듯 가는 듯하니
세월에 안겨있던 보고 싶은 마음은
그리움을 안고 함께 따라간다

긴 세월 그리움으로
슬피 우는 밤새처럼 구슬 퍼지만
내일이 오면 저 달도 기울 터이니
마음에 맴도는 나의 슬픔도
내일이면 모두 다 지나가리다.

새야! 새야!

푸름이 청명하고 하늘빛이 아름다워라
이 세상에 삶은 행복을 느끼는 것
마음껏 날아 행복하여라

삶은 축복이고 그 속에 행복이 다가오기에
마음에 고뇌도 슬픔도 떨쳐 버리고
더 높이 힘차게 날아보아라

이 세상 삶의 너울 치는 물결의 위에도
끝없이 나는 너의 의지로
용기 내어 아름답게 멋진 날개 펴고

하늘과 숲 바다 위 고운 빛 고마움으로
너의 정념 어린 희망과 소망 품고서
움츠리지 말고 비상하며 힘차게 날아라.

햇살 좋은 오늘 같은 나

길을 걷는다
풀 내음이 좋아 멈추는 순간
두툼한 내 볼이 귀엽다며 꼬집어대는
어머니의 손길이 그립다

길을 걷는다
늙지 않는 꽃향기가 좋아 발걸음을 멈추는 순간
딸아이가 다가와 흰머리를 뽑아주며
나의 손을 지그시 잡는다

그렇게 걷다 보니
세월은 흘러 주름은 늘었고 발걸음은 느려졌지만
삶의 한 소절 써 내려갈 수 있는 시가 있어
내 얼굴이 햇살 좋은 오늘 같다.

너와 나 함께 가는 길

슬픔은 혼자만의 몫은 아니야
함께 슬퍼하고 토닥이며
그렇게 사는 거야
많은 이가 슬픔에서 기쁨을 만들잖아

너만의 눈물이 아니야
바로 나의 눈물이고 슬픔이야
너는 나의 사랑이고
나는 너의 사랑이니까

너와 나의 인연 속에
하늘의 뜻으로 서로 만났고
저 푸른 초원의 숲과 새들도
고운 느낌으로 우릴 축복하잖니

너와 나 함께 가는 길
우리 마음 함께한다면
축복과 함께 은총이 내려지니
슬픔은 거두어지고 기쁨을 줄 테니

희망으로 가는 길

어둠을 가르고
붉게 솟는 태양 빛에
삶을 충전하고
오늘 꿈을 향해 간다

가슴 깊게 솟는
야심의 고뇌는
젊게 불어오는 바람의 힘으로
먼 미래도
한걸음에 갈 수 있겠지

멀리 떠나간 추억의 길목
담벼락 웅크리고 있던 그림자
고운 비단결처럼
떠오르는 금빛 햇살에
깨끗이 지워버리고

여명으로 바라보이는
빛나는 꿈의 궁전을 향해
이제 힘찬 걸음으로
나는 갈 뿐이다.

머물 듯 흘러가는 삶

꿈을 키우고 한 곳을 바라보며
사랑의 빛 머금은 마음은
유난히도 그리움을 안고
어두운 밤하늘을 적셔요

화려한 매무새는 아니어도
이루지 못한 꿈 숙여 가며
마음에 스치는 쓸쓸함을
끌어안고 내는 숨소리

그리움아! 너는 알고 있니
새벽에 풀잎에 맺힌 이슬처럼
애달픈 사랑에 울컥하며
그리움을 참는 마음을

여울에 굽이굽이 맞춰가며
이어가는 샛강에 흐름처럼
한숨도 비껴가며 어우러진
새 힘으로 남겨진 마음인걸

온새미로 지키려 함에

마음의 얼은 바람 구름 따라가다

어느 별 밤의 흐름처럼

고운 닻별 옆 미리내 강에 머물러요.

(순 한글 시)

♣ 주석

* 머금은 : 삼키지 않고 입속에 지니는 상태
  눈에 고인 눈물을 흘리지 않고 지니다.
  생각이나 감정을 표정이나 태도에 조금 드러내다.
* 매무새 : 옷, 머리, 따위를 수습하여 맵시, 모양새, 모양
* 여울 : 강이나 바다의 바닥이 얕거나 폭이 좁아
  물살이 세게 흐르는 곳
* 굽이굽이 : 여러 개의 굽이, 또는 휘어서 굽은 곳곳
* 온새미 : 가르거나 쪼개지 아니한 생긴 그대로의 상태
* 얼 : 넋, 영혼, 정신
* 닻별 : 카시오페이아자리별
* 미리내 : 은하수별

제목 : 머물 듯 흘러가는 삶
시낭송 : 박영애
스마트폰으로 QR 코드를 스캔하면
시낭송을 감상할 수 있습니다.

가을밤이 안겨주는 정

달빛이 밝게 내리고 있는 시야
밤의 속삭임이 뜨락에 들려오면
세상 풍파에 꽃잎과 풀잎에는
물방울이 세상의 슬픔을 다 지닌 듯이
대롱이며 촉촉이 매달려있다

사랑의 애달픈 마음 달래려고
밤새는 사찰의 문틈으로 스며들며
댓잎과 함께 외치는 풀벌레의 소리가
가을의 음파를 담고
풍미를 띄우고 스미며
긴 밤을 달래주고 있다

가을바람에 하나둘
많은 잎이 벌써
갈 빛으로 조금씩 물들이고
향기로운 꽃잎의 추억과 사랑의 향기로
탐스러운 열매가 달빛에도
고운 미소를 띠고 있다

가슴에 이는 잔물결 속삭임이
어둠이 내린 공기에 조용히 펴지고
그리움과 아픔 모두 비벼진 가슴에
스산한 듯한 것 모두 골라내고
하룻밤 짐을 꾸려 새벽 공기에 보내고
가벼운 마음의 배낭으로 가을 속으로 나선다.

떠나는 그리움

가을빛 바람에 멈춰 선
사랑은 길섶에 숨어
그리움을 피우려는가!

향기로운 꽃잎의 속삭임이
스치는 바람에
살랑거리며
슬픔에 곡조로
내 마음에 들려온다

황금빛 펼쳐진
들녘 벼 잎에
힘찬 행복의 합성은
풍성함을 주듯
바람에 울려 퍼지고

배고픈 시절을 연상하며
세상 모두 사랑으로
채우려는 맑음의 마음이
잔디에 흩어진 내 그리움을
구름에 모두 담고는

그리운 임께
모두 전해주려고
점점 멀어져 간다
저녁노을에 동행하는
애달픈 나의 그리움

가슴에 피어 온 사랑

단풍잎 속에 계절의 뜨락에서
스쳐온 세월을 돌아보니
내 가슴에서 항상 피우는
아름다운 꽃이 있다

오로지 나만 생각하며
아껴준 가족이 있기에
아름다운 꽃이 필 수 있다는 것을
나는 잘 알아

이 세상 무엇보다 아름다운
사랑한다는 말도
못난 나의 자존심 하나로
제대로 말해주지 못했지

인생의 굳은 삶
어려움도 마다치 않고
긴 세월 나랑 꿈을 나누며
사랑으로 살아오고

때로는 서로 다투면서도
참아온 아름다운 가족이 있기에
지금의 나의 꽃이
필 수 있다는 것 잘 알아

지금의 나에게 소중한 것은
가족이라는 것 알아줘
오늘은 용기 내어
참았던 마음 전합니다
가족을 사랑합니다.

그 길에서

임 떠나가신 길에
떨어진 나뭇잎을 보니
내 가야 하는 길
흩어진 잎의 서러움을 위로한다

곧게 뻗은 길
꿈을 찾아가야 하는 길
마음이 힘든 건지 추억이 무거운지
잠시만 머물다 가자!

기울어진 모습으로도
쓰러지지 않는 소나무
푸른 잎으로 쓸쓸한 길에 향기를 주는
너를 닮고 싶어라

추억은 아름답다
솔바람 따라가고
향긋한 바람 따라
희망을 주는 새가 왔다가는 길

임께서 머물다 떠나가신 길
세월 따라 함께 가는 길
내 마음 잠시 쉬었다
힘내고 가자!

나는 무엇입니까.

나는 무엇입니까
당신 마음 하나 얻자고 기다리며
당신 따라 맴도는
당신의 그림자입니다

가끔은 힘든 일로 지쳐지는 날이면
당신의 작은 손길이 와 닿기를
심장 뛰는 설렘으로 기다리는
당신의 그림자입니다

당신은 나에게 무엇입니까
일 년이 지나도
십 년이 지나도
마음에 남아있을 소중한 사랑입니다

당신과의 이별 그 자리는
비워두지 못했기에
가슴에 쓸쓸함이 찾아오는 그 날까지
당신은 나의 소중한 사랑입니다

내 마음 안에 당신이 머물 수 있게
하늘이 주신 인연으로
언제나 당신의 뒷모습은
내 마음에 남겨지는 그리움입니다.

행복한 나무

그대가 행복의 고운 꿈을 피울 수 있는
아름다운 인생의 나무였으면 좋겠습니다
추운 겨울을 잘 견디고 난 후
새봄을 맞이하는 나무처럼

시련의 태풍과 눈보라를 견디고도
참을 정도 인내가
항상 내재해 있으면 좋겠습니다
누구에게나 살아가며 시련은 예측 없이
불시에 찾아올 수도 있으나

오히려 겨울을 잘 지난 나무가
더 단단해지며 아름답듯
우리 인생도
캄캄하고 두려운 밤이 지나간 후
더욱 진지한 삶을 맞을 테지요

새로운 날의 아침을 맞이하고
심호흡을 하며
하루의 진정한 보배로운 삶은
어둠 속에서도 밝은 마음과
참고 견디는 성품에서
삶의 참 행복을 알 수 있게 될 테니까요.

3장 기다린다는 것은

그대와 만났던 날들을
셀 수 있다면
그대를 기다리며
살아온 나머지 세월은
헤아릴 수 없을 겁니다

그대를 떠올리며
기억할 수 있을 때까지
그대를 그리워할 것이며
이 그리움이 끝날 때까지
그대를 기다리겠습니다.

“ 기다린다는 것은 ” 본문 중에서

네가 그리운 날엔 비가 내린다.

네가 그리운 날엔 비가 내린다
그리운 날 창으로 드는 빗소리가
나의, 심장 소리와 비 내리는 소리로
가슴에 그리움을 그린다

네가 그리운 날엔 내 마음도 궂은날
비가 내리고 비에 젖은 온몸은
물에 흠뻑 젖은 물고기처럼
젖은 가슴이 되어 그리움에 젖고 있다

네가 그리운 날엔 내리는 빗줄기에
내 그리움이 서 있다
코끝 커피 향기로 그리움을 붙들고
머그잔에 온기로 너의 모습을 떠올린다

네가 그리운 날 비에 젖는 마음
독백처럼 울리는 빗소리가 가슴을 치는데
비가 내리는 날 널 부르는 그리움이
빗소리와 함께 내 마음에 머물고 있다.

너는 그 자리 나는 이 자리

가냘픈 꽃이여
바람결에 너의 모습을
그리움에 묻는구나!

기나긴 애절함으로
불어오는 바람에
흘러가는 한 세월을 맞이하고

가슴으로 새겨진
우리 사랑의 기억들이
아직 흐르는 세월을 붙들고

그저 너랑 나는 말 없이
짓궂은 사랑
그리움을 세월에 묻고

모든 움직임은
하늘거림에 여울치며
불어오는 계절 바람에 흔들리지만

그 사랑 그 마음은
몇 해가 지나가도
너는 그 자리 나는 이 자리

비 내리는 날에

어두운 거리의 불빛
밤은 아름답게도
환상의 수를 놓고
계절의 거리 위를 적시는
가느다란 빗줄기
가슴에 그려지는 추억

지나가는 우산 속
다정한 연인들 모습
비 오는 거리라도
아름다움으로 그리며
나의 눈에 안겨 주고
피부에 와 닿는 느낌

지나가는 불빛에
비치는 정다운 모습
그 옛날 지난날
너와 나의 모습을
담고 있는 영상처럼
나에게 다가 오 네

가는 비속에

가는 추억에

걷고 걷는 발자국에는

너의 모습 너의 느낌

나의 우산 아래 떨어지는

그리움 배인 물방울 느낌.

그리운 눈빛

그리운 눈빛을 밤하늘별처럼
외롭게 남겨진
가슴에 묻고

눈시울 적시며 어두움에
서서 기다리고 있는
가로등처럼

사랑의 그리움은 꿈처럼
흘려 밤하늘에
별처럼 반짝이고

쓰다만 한 줄의 편지에
여백처럼 당신 마음으로
들어갈 수 없지만

기다리는 마음속 당신이
다가와 들어 올 수 있도록
비워놓을게요

그리움의 그림자 사라질
때까지 소리 없이
기다릴게요

조용히 눈감아보며 그 모습
그리움 멈출 때까지
기다릴게요.

달맞이꽃

이슬 내린 숲 능선
달빛 훤하게 비추면
거닐며 가는 발길
미연(美戀)에 머물렀다

서산에 달이 차서
달빛 가득 내리면
울먹이는 밤새가
산속에서 구슬피 울고

정답고 아쉬운 추억
꿈결처럼 그리운 시절
달빛에 젖은 눈동자
미풍으로 감싸 주네

보고픈 임
그리운 목소리 들리는 듯
그리운 미소가 보이는 듯
달빛에 아련히 떠오른다

달빛 가득 비춰 내리는
산골 마을 팔부능선
그리움 간직한 사연
달맞이꽃 되어 피어나네.

제목 : 달맞이꽃
시낭송 : 박영애
스마트폰으로 QR 코드를 스캔하면
시낭송을 감상할 수 있습니다.

* 미연(美戀) : 아름다움에 사무치는 아름다움에 임을 그리워하는~

오늘을 위한 태양

여명에 힘차게 떠오르는
어둠도 가르는
정열의 붉은 태양아

젖어있는
이 가슴의 마음을
기분 좋게 하여줘

어제 애태웠던 일
눈물짓게 하던 일
모두 털어버리게

너의 그 붉은
사랑의 정열로
젖은 마음 마르게 하여

오늘을 맞이하는 마음
뽀송뽀송한 마음으로
힘 솟는 하루로

희망을 향해 훨훨 타오르는
정열의 의지를 힘차게 열어다오.

그대의 별이 되고 싶습니다

그대의 별이 되고 싶습니다
별이 되어
푸른 별빛보다
더 서늘한 외로움으로
잠 못 들어 힘겨워하는
그대에게 가고 싶습니다

그대의 심장 가장 깊은 곳에
뿌리를 내리어
당신의 슬픔이 깊을수록
더욱 따스하게 빛나는
별꽃으로 피어나
그대 눈물 흘릴 때
그대와 함께 울고 싶습니다

그대 그리움에 애태울 때
별꽃의 향기로 번져
그대 가슴 가득 채우고 싶습니다.
유난히 별이 밝은 날이면
나는 하나의 방랑하는 별이 되어
그대 찾아
길을 떠나고 싶습니다

외로운 그대 가슴 만나면
삶이 어두울수록 더욱 밝게 빛나는
어여쁜 별이 되어
아무도 모르게
그대 가슴속 깊이 숨어
그대와 함께 살아가고 싶습니다.

그대 그리운 날이 있습니다.

불현듯
잊었던 기억들이
마음 한구석 싹이 트고
어쩌지 못하는
아픈 눈물이 흐르는
그대 그리운 날이 있습니다.

처음으로 돌아가
하나하나 기억해내며
간절한 마음들을
꺼내고 싶은
그대 그리운 날이 있습니다.

그대 만남이
추억이라는 기억으로 남아
들추어낼 수 없어
아픈 눈물 떨어 버리고 마는
그대 그리운 날이 있습니다.

보고 싶지만
가슴 저리도록
웬, 종일 생각나지만
그럴 수 없어
참아야 하는 안타까운
그대 그리운 날이 있습니다.

제목 : 그대 그리운 날이 있습니다
시낭송 : 김지원
스마트폰으로 QR 코드를 스캔하면
시낭송을 감상할 수 있습니다.

세월이 가는 길목에서

하늘이 맑게 보이면 미움의 집념도
밝은 빛으로 변해 이슬같이 젖어 드는
비애를 지우고 먼 곳을 바라보게 되네

고뇌의 샘에 고인 청수로 바야흐로 마음을 씻어
청결을 유지하니 살아가며 기쁨이 찾아오게
살짝 눈을 감습니다

이왕 머물다 가는 인생 서로 다독이며
마음으로 깊은 정 안고 작게 미워하고
사랑하는 길로 가야 하지 않으리까

맑은소리 들으며 싱그러운 향을 품고
숨 쉬는 맥박으로 정기를 마셔보니
청춘은 흘러가지만 삶은 사랑이더라

슬퍼지면 움츠리고 기쁠 때면 활짝 펴는
꽃 바람의 향긋함에 좋은 소식이 올 것 같은
고운 기운 느껴가며 마음의 창을 열어둡니다.

그리움을 노크하는 아침

창문 넘어 불어오는 바람
상큼하게 느껴지는 이른 아침
창가에 앉아
차 한 잔 마시며
고운 당신을 그리워해 봅니다

당신의 모습 상상만으로도
어느새 입가엔 미소 가득해져요
그립습니다
그대가 그리워
보고 싶을 땐 하늘을 보렵니다

같은 하늘 아래서
당신이 있다는 것만으로도
행복하니까요
이런 내 맘 당신께
조금 조금만이라도 전달이 되면 합니다.

내 생의 연리지

계절과 살아가는 생이
연리지 형태처럼 익어 가듯
마음에 생각이 함께하니
어제보다는 오늘은
더 많은 기쁨을 채워야지

숲길을 거닌다
수많은 생각의 모티브가
스치듯 꽃잎에 매달려
계절 바람을 타고
내 마음을 흔들고 있다

자연과 저 화려한 꽃마저
연리지 마냥 피우기 위해
차가운 계절을 보내고
비바람 맞아가며
한순간 꽃을 피우는 것

지금 마스크를 쓰고
반쪽으로 지나가는 날이
서러움처럼 다가와도
그 언젠가 인내로 피워내는
기쁨의 날은 반드시 오리라.

나의 영혼 그대 날개 속에 깃들며

매일 밤 날개를 달고
그대 오시기에
온밤을 설쳤나 보다

긴 날들의 기다림은
새벽 물안개 속에
슬픈 기억들을 가라앉게 하고
푸른 파도 넘실대는
출렁임의 바다가 보인다

짠맛 배어 있는
한 방울의 눈물도
따사로이 배여 오는 정인데

폭포처럼 쏟아내는
가슴 안 열정의 노래는
생각의 배경으로
절경을 이루며
인생의 수묵화가 그려지고

새벽부터 밤까지
산을 돌고 바다 건너
힘찬 소망 날갯짓으로
그리움이 날아와
내 가슴 안 활짝 펴는 날개

나는 그 속에 깃들며
밝은 희망의 꿈을 꾼다.

그대 생각

기다림에 별이
유성처럼 파고들어
고운 음악과 같이
내 가슴속 하고픈 말
전해 주고 싶어라

하얀 종이 위
그대 만나서 하고픈 말
속삭임 같은 말
하나둘 적어보며
그대 생각에 잠기어라

사랑의 별빛으로
사랑을 담고서
그리운 그대 모습
이 넓은 밤하늘
아름답게 수놓고 싶어라

눈가에 아롱져 새기며
보고픈 흔적을 그리면서
그대 가슴에 한없이 안겨
파고들고픈 사랑

그대만의 그리움을 채워
낮에는 꽃향기 피우고
밤엔 가지에 그리움 걸고서
바라보는 모습 기억되어
그대의 별빛이 되려는 사랑

내 마음에 그려진 그대 모습
홀로 남겨진 공간에서도
기다림이란 시간을 채우며
오직 그대만의 사랑으로
나, 이 밤 잠들고 싶어라.

제목 : 그대 생각
시낭송 : 김지원
스마트폰으로 QR 코드를 스캔하면
시낭송을 감상할 수 있습니다.

그리운 계절에 서서

어느덧 스산한 바람이 옷깃을 여미게 하고는
그리움 이란 단어를 허공에 자주 떠올리는 계절이
이곳 저에게도 다가왔는가 봅니다

왠지, 떨어지는 낙엽들을 보고 있노라면
아쉬움이 남긴 기억 속으로
자신을 한 번 더 돌아보며
그리움으로 더욱 간절한 마음에 사랑을 새겨 봅니다

가슴으로 깊게 스며드는 그대 그리움이
왠지, 조금은 쌀쌀맞고도 외로움으로 느껴지지만
한편으로는 내일을 다시 바라보려는 희망의 꿈들이
가슴 안에서 숨을 쉬며 살아 존재하는 것이겠죠

우리의 삶은 날마다 기쁨으로만
지속할 수 없는 것이 삶의 진리이기에
잠시, 떠나 있는 아쉬움에 모든 기억도
그대 그리움으로 모두 사랑할 수 있기에
이 계절이면 그래서 그대를 더욱 사랑하는가 봅니다

지금 나에 등 뒤로 다가오며 휘날리는 낙엽 속에서
그대 그리움의 향기에 젖어 그리운 마음 함께
가슴 가득히 사랑하는 마음을 담으며 걷고 있습니다
가슴속에 미래의 희망과 꿈도 함께 담으며
떨어지는 낙엽의 길을 걷고 있습니다.

내린 비 그치고

내린 비 그치고
싱그러운 꽃잎 아침이 오면
보고 싶어지는 그대 모습

젖은 마음 지니고 나면
새로이 기쁨이 찾아오듯
밤새 젖은 눈
당신 생각에 기쁨으로 보낸다

이별이 주는 순간
애달픈 그리움이 멈추어지고
사랑도 기쁨으로 찾아왔으면

밤이 찾아오면
다시 그리운 마음이 일고
달빛을 품고 그대 모습 그려요

사랑하기에 그리움이 야속하지만
당신에 대한 사랑의 기다림은
참을 수 있어요.

시린 가슴에 내리는 눈

하늘에서 눈이 솜털처럼 휘날리며 내립니다
가슴 가득히 스미는 사랑의 마음
잎 새 진 앙상한 가지 위 걸린 그리움에
애타는 마음을 달래어 주기 위해서 내립니다

아쉬운 기억만이 지속한 긴 시간의 공간에
지난날에 아련하게 엉클어진 추억들로
지울 수 없이 슬픔이 되어 스미는 밤

메마른 가지 위 하얀 눈꽃을 피워서
쓸쓸하므로 지쳐버린 아픈 마음 위로하듯
애틋한 마음에 행복을 주려고 내립니다

젖은 듯이 머문 그리움만을 담은 마음은
외로움이 젖어 슬프게 스며든 마음에
새로운 사랑에 힘과 희망을 주려고 내립니다

행복한 미소 담을 수 있게
잃어버린 미소를 찾을 수 있게
하늘에서 눈이 내려
순백의 하얀 사랑에 꽃을 피우려고 합니다.

제목 : 시린 가슴에 내리는 눈
시낭송 : 박영애
스마트폰으로 QR 코드를 스캔하면
시낭송을 감상할 수 있습니다.

그리운 사람이 있습니다.

만나고 싶은 사람이 있습니다
보고 싶은 사람이 있습니다
그 사람 멀리에 있어서
그리움만 더 합니다

덧없는 마음인 줄 알았습니다
막혀있던 물꼬가 터진 것처럼
끝없이 흘러나오는
따뜻한 정이 고요히 흐릅니다

그리운 사람이 있습니다
마음과 생각이 아주 곱고
아름다워서 설렘의 마음을
준 것만으로도 행복합니다

고운 꿈과 희망의 마음으로
기다리라 하여도 행복합니다
보고 싶음에 만나보고 싶고
그리운 사람이 있습니다.

흐르는 시간에 기대어

조용함이 찾아온 밤
어둠이 내린
마음 구석 자리 편
그리움이 꿈틀거리며
피워 오를 즈음
어둠을 보내는
밤의 슬픔인가
새로운 날 맞는 기쁨인가!

분명함을 알 수 없는
묘한 느낌과 기분
조용한 공간 채우며
또닥또닥
비가 내리며 내는 소리
파고드는 멜로디
심장의 진동과 함께
어울려 공간을 흔든다

커튼을 젖혀 바라보는 창
멀리 있는 듯
가까이 있는 듯
깜박이는 불빛의 행렬
노란빛 하얀빛 파란빛
수많은 불빛으로
비 내리는 어둠 속에
지상에서 함께 호흡하는 밤

책상 앞 머무는 그리움이
하나씩 피워지는 밤
조용한 시간
그리운 모습 떠올려 보며
살며시 찾아와
방문 벨을 울려주면 하는
마음이 꿈틀거리는
시간에 기대어 흐르는 공간에 있다.

기다린다는 것은

오랜 기다림 속에서
그대가 오지 않는다는
사실을 알면서도
늘 이 자리에
머물 수 있는 것은
그대를 기다리기 때문입니다

사랑보다 더 어렵다는
기다림을 택한 것은
묵묵히 그대의
그림자가 되어주는 것이
그대에 대한
사랑이기 때문입니다

그대와 함께 한 시간은
비록 짧았지만
그보다 더 많은 날을
그리워했다는 것을
그대는 모를 겁니다

그대와 만났던 날들을
셀 수 있다면
그대를 기다리며
살아온 나머지 세월은
헤아릴 수 없을 겁니다

그대를 떠올리며
기억할 수 있을 때까지
그대를 그리워할 것이며
이 그리움이 끝날 때까지
그대를 기다리겠습니다.

바람이 스치는 언덕

배움의 기억이 맴돌며
바람이 머무는 언덕에서
가슴에 피운 꽃으로
아름다움을 만들겠습니다

그 빛으로 고운 그림자 만들어
사랑의 씨앗을 가슴에 품고
쓸쓸함도 굴하지 않고
힘차게 잎을 피우겠습니다

곱게 여미는 당신의 기억은
나에게 다가오는 바람으로
가슴에 채워진 그 향기로
당신을 품고 새겨 봅니다

아름답게 남겨지는 여운
피워 오르는 운무처럼
당신의 고운 빛의 느낌은
저 먼 수평선을 넘어도 보입니다.

그리움 바라기

고운 향기 바람결에 운무를 걷고
바닷길 열어주는 파도의 여울에
해 밝은 미소 띤 모습 하나 보여요

해당화 피우는 해류를 타고
고운 바람 불어오면 왜 당신 생각하는지
행여나 지금 나를 생각하나요

모래의 반짝임이 모여 밤하늘에 올라
미리내 강에 흐르는 별꽃의 수를 놓은 것인가
스치는 바람에 그리움이 깜박거리네

밝음을 맘으로 새겨가며
앞날의 고운 꿈 나래 펴는 날
곁에는 예쁜 당신이 있으면 좋겠습니다.

가을의 공원에서

계절의 신선한 바람이
저 멀리서 일어 길섶으로
나에게로 다가올 때

가슴에는
그리움의 향으로 채워
마음에 담아지는
사랑의 노래

고운 숲 계절
머물 수 있는 시간은
이렇게도 좋은데

쓸쓸하게
기다리는 사랑은
언제쯤 올 것인지

바쁘게 돌아가는
세상의 흐름이건만
한순간 벤치에 앉은 시간은

그리움에 기대어
아쉬움을 토닥이며
가슴 에이며 흘러가네요.

가슴에 흐르는 강

흐르는 긴 시간에서도
떠올리며
목메게 부르고 싶은
너의 이름 하나

편지를 보내려고 하니
많은 사연도
그 시절은 어려워
전해 줄 길이 없었지

세월이 흐르며
가슴으로 점점
부르는 사연은
눈에 고이는 눈물뿐이었지

흐르는 강 바라보며
하늘 아래 떠오르는
너의 생각은
가슴으로 흘러갔나 봐!

이제라도 찾아
소식을 전하려 해도
너의 아픔이 될까
그 사연은 가슴으로 흐르지

4장 그대 별 향기

별 향기가 난다
눈 물빛 나는
아름다운 별 향기가
내 삶의 마지막 페이지까지
곱게 내 마음에 담아
장식해 줄 수 있는
별 향기가

"그대 별 향기" 본문 중에서

달빛에 사랑도 가네

달빛 내려 어둠을 비추고
많은 생각의 날개를 펴고
희망을 피워보며
사랑의 생각도 피워 보지만

가슴은 그리운 생각으로 잠겨
사랑을 조용히 그려 보는데
보고 싶은 마음만 더욱더
깊은 생각으로 잠기고 있네

쓸쓸한 창가로 다가가
은빛처럼 내리는 달빛으로
사랑을 살며시 곱게 품어
그리운 생각에 기대어 보면

구름에 걸린 달을 쳐다보는 밤
내 사랑 그리움과 외로움도
저 달이 가듯 애절한 마음이
소리 없이 밤하늘에 가고 있다.

해변의 남긴 발자국

황금빛 모래 반짝이는
푸른 물결에 해변
파도가 밀려오고
솟아오르는 태양 빛에
새들이 비상의 나래를 편다

그늘진 카페 안 분위기
원탁에는 축배의 잔으로
머무르는 미소들이
인생의 이야기 향기가
부러움에 꽃 피우고 있다

올 것만 같았던 그 사람
기다림의 긴 세월
그 많은 세월 기다리며
보랏빛처럼 남겼던 마음
지난날의 여운 그리움
이젠 묻어버리자

밀려가는 파도에
슬픈 마음 보내고
다가오는 파도에는
내일만을 바라보며
희망의 빛을 가지자

비단결 담은 하늘에
떠도는 구름처럼
무거움을 담은 듯
무딘 외로운 기억은
모두 지워버리자

날갯짓하는 새들처럼
희망의 맘으로
힘을 내려는 발자국은
새로운 흔적으로 남겨본다
파도 해변 모래 위에……

가을의 향기

파란 하늘에 떠 있는
하얀 솜 뭉게구름
어디론가 흘러가는 곳
사랑이 실려있다

가을 창공에 펼쳐진
하얀 솜 뭉게구름 위
마음에 꿈과 희망도
예쁘게 머물고는

사랑을 품은 향기로
소리 없이 다가와
맑은 하늘이 웃으며
가슴으로 안기네!

가을의 뜰 정원에
담고 담아보는
가을의 향기는
꿈과 함께 짙어만 간다.

제목 : 가을의 향기
시낭송 : 박영애
스마트폰으로 QR 코드를 스캔하면
시낭송을 감상할 수 있습니다.

그리움에 물들며

어둠이 내리며
부모님이 생각나는 저녁
쓸쓸한 커피잔 위로
그리움을 수놓으며
커피 한 모금을 마셔봅니다

살며시 불어주는
바람에도 흔들리는
여린 꽃잎들을 바라보며
그리움이 서린 날엔 꽃잎이랑
울먹이며 이야기도 하지요

창밖에 살포시 뿌려주는
가느다란 빗줄기 속
뜰에 핀
젖은 꽃잎들처럼
내 마음도 함께 적셔보며

아쉬운 지난 추억들이
주마등처럼 맴돌며
스치는 날 밤에는
밤새 뜬눈 되어
그리움이 스미는 가슴

그대 별 향기

별 향기가 난다
가슴 뭉클한
그리운 별 향기가
내 마음속 가장 깊은 곳에
자리 잡은
작은 아픔까지도 찾아내는 별 향기

별 향기가 난다
눈 물빛 나는
아름다운 별 향기가
내 삶의 마지막 페이지까지
곱게 내 마음에 담아
장식해 줄 수 있는
별 향기가

별 향기가 난다
그대에게서
풍겨오는 그 향기
새벽안개처럼 가만히 내려앉아
나의 가슴에서 흩어지는 그 향기
바로 그리운
임의 향기 담은
별 향기가

잔잔하게 흐르는 밤

잔잔하게 물이 흐르는
강가에 앉은 마음처럼
많은 글과 함께
깊은가는 가을밤에 머물려 봅니다

가을에 흔적으로
스며드는 여운들이
시린 마음도
새로운 불빛이 되어
어두운 거리에 내려앉습니다

가로등 밑에 머무는
이 짙은 어둠이 그치고 나면
더욱 분주히 움직여야 하는
내일 일들이 수없이 있지만

아직도 잠을 쫓아내며
긴 밤이 더욱 긴 밤이 되는
눈을 감지 못하고 잠을 몰아내는
깊은 밤에 머물러 있습니다.

어둠이 내려진 가을 창 너머

그리움으로 스미는 어둠이 내린 가을의 밤
이따금 창 넘어 아스라이 펼 쳐지는
불빛 사이로 오가는 사람들 모습마저도
그리움에 젖은 나의 눈에는
정겨운 느낌으로 다가옵니다

쓸쓸해 하지만 그래도 좋습니다
마음에 창으로 기대여 보며
조금씩 계절 속으로 함께
마음도 따라 너울지는 이 밤
창 너머로 흘려보내어 봅니다

가을 창으로 들어오는 바람에
커튼이 흔들리고 가슴에 조아리고 있던
쓸쓸함도 함께 조금씩 빠져나와
움직임으로 계절을 친구 하며
함께 어우러집니다

가을 창 너머로 스치며 지나가는 추억
가슴에 남아 있던 그리움도
어둠이 내려진 창 넘어 언덕길로 빠져나가
계절을 친구 하며 짙은 어둠이지만
함께 어우러집니다.

바다에는

바다에는
곱게 남겨진 여운과 함께
기억에 강을 넘나들 수 있는
추억의 앨범이 남아있어요

하얀 물거품 일구고서
비단결 춤추는 배경에
에메랄드같이
매끈한 싱그러운 느낌이 있지요

금빛 모래밭 모여
모두 한없는 기쁨으로
밝은 표정 띠며
활짝 웃어 보이던
아름다운 추억이 남아있어요

바다에는
저 멀리 하늘과 맡 닫은 수평선 보며
파란 하늘 흰 구름과 함께
가슴을 활짝 펴고
희망을 그리는 꿈이 남아있어요.

나의 그리움

가을바람이 두 볼에
스치며 지나간다
코끝에 맴도는
싱그러움이 정원에서
가슴으로 파고든다
놀랍도록 자란 꽃들이
가을바람에 살랑살랑
예쁘게 춤을 추고

국화꽃 향기로움으로
가을은 싱그럽습니다.
푸른 잎 차츰 물들며
가을의 정원에서
짙어진 그리움이 피어오르고
파란색으로 변한
하늘 아래 내 마음도
하늘색에 물들어져 간다

높아진 하늘 가을에 정원

몸과 마음에는

사랑을 담아

임 계신 곳 바라보며

그리운 향기 많이 피워

그리움은 푸른 하늘을 거쳐

임에게로 사랑을 품고

가고 있다.

태양의 사랑

바람이 나무 곁에 다가서니
나뭇잎 흔들며 춤을 주네요
햇살이 그 위를
스쳐 지나가면서
나무에 푸름을 감탄하고서
곱디고운
눈길로 바라봅니다

담장을 휘감는 넝쿨
장미꽃은 줄을 서고
사랑의 눈빛으로
정열의 붉은색을 띠고
끝없는 향기로
구름마저 유혹하네요
햇살에 황금빛 덥힌
사랑을 받고 싶은가 봐요

지나가는 뭉게구름은
약간 쑥스러운 듯
가렸던 햇살을 살며시 비켜주니
바람마저 부드러운 손길로
꽃잎을 쓰다듬어 주네요
마음이 넓은 햇살은 함빡 웃으며
나무랑 장미 바람 구름
모두에게 황금빛 사랑을 주네요.

호수에 내 마음이 흐른다.

호수의 숨결이 윤슬에 비치는 날
풀잎을 닮은 가녀린 모습으로 호수 가에 서면
수면 위 잔잔하게 퍼져가는 물결로
생명을 불어넣는 숲길에 싱그러운 바람이 인다

버거운 시간의 텃밭에서 한 동안 잊고 있다가도
햇살이 설레게 비단결처럼 좋은 날이면
가슴에 품고 살아온 네 모습이
못 견디게 보고픈 모습 되어 호수에 아롱 그린다

잔잔한 호수는 쓸쓸한 인생의 마음과 같아
생각과 기쁨과 사랑은 삶의 물과 같아
흘려가는 세월 맑은 소중한 물을 채워야지
맑게 채워지지 않으면 생명을 잃은 호수가 되잖아

파아란 하늘 아래 나는 철새 떼가
어디론가 흘러가는 흰 구름 따라 이야기 나누며
네가 그리울 때 눈시울 적시며 바라보는
푸른 산 아래 맑은 호수 위 하늘을 맴돌며 날고 있다.

제목 : 호수에 내 마음이 흐른다
시낭송 : 박영애
스마트폰으로 QR 코드를 스캔하면
시낭송을 감상할 수 있습니다.

별, 추억, 꿈, 사랑의 아름다움

별이 아름다운 이유는
모든 형체를 삼켜버리는 어둠 속에서
홀로서 빛나기 때문이고

추억이 아름다운 이유는
부끄러운 기억 일지라도
우리를 웃음 짓게 하기 때문이며

꿈이 아름다운 이유는
가까운 미래에서
우리를 기다리고 있기 때문이다

사랑이 아름다운 이유는
둘이서 나란히
밤하늘에 별을 바라보게 하기 때문이며

지난날을 생각하며 같이 웃고
새로운 추억을 만들어가며
둘만의 아름다운 꿈을 키워주기 때문이다.

괜찮아요. 외롭지 않아요.

강가에 찾아와 있어 보니
꽃잎들이 방긋하며 반겨주고
새들이 날갯짓하는 아래
물 흐르는 곳 바라보며
생각에 잠겨보니
유수 같이 흐르는
세월 가는 소리 들려오네

꽃들이 지쳐있는 영혼을
고운 향기로 부드럽게
마음 감싸주니
강가에 부는 바람마저
차분하며 유연하게
나를 위로하며 베푸는
속삭임 같아 외롭지 않아요

잔잔한 원을 보이며
흐르는 물결에 속삭임
긴 기다림도 괜찮아하며
동그라미 그려주니
강바람마저 미풍 되어
나를 위로하며 베푸는
속삭임 같아 외롭지 않아요.

동백꽃 피는 곳에서

바다가 맞닿는 언덕 해운대 동백섬
하얀 구름 하늘 바라보며
그리움을 그리고

갈매기 날개 지며 가슴 저리게
파고드는 그리움 새긴
파란 물결에 여울

잠시 쉬어가는 이름 모를
지쳐진 얼굴들이 동백꽃 아래
여정을 푸네

물결, 그리움 안고 파도 되어 들려주면
자연의 숨소리에 동백꽃 향기
싱그러운 꽃잎

그리운 꿈을 안고 활짝 피는구나!
모든 이에 정다운 가슴에 심어진
깊은 사랑과 함께

나그넷길

머무는 저 구름도
저녁놀 지면 그리움 찾아왔니

구름처럼 떠도는 나그넷길
석양이 기울며 가는 길은
왜 이리도 슬픔이 흘러내릴까!

샛강 흐르는 강변
임을 찾아왔건만
흐르는 물소리만 들리고

꽃잎 한 줌으로 강물 편지 띄워 보아도
그리운 임은 소식이 없네.

봄이 주는 마음

따스한 봄기운을
우리 곁에 느낄 수 있어
참 좋습니다

향기로움이 그윽한
맑은 햇살 속에
정다운 봄의 향기

매혹스러운 아지랑이
싱그러움의 꽃향기로
가슴 깊이 심호흡하며

지친 하나의 삶
외로운 마음에도
향기로움이 가득 채워져

가슴 터질 듯
다정한 기운 감돌아
모두 정답기만 했으면

봄은 우리에게 생명의 꿈
삶의 힘 향기를 담고
의미 있는 삶으로 이어

겨우내 닫혀있는 마음
활짝 열어가며
봄의 향기를 담아 보아요.

정원에 아기 나무

정원에 부는 바람
햇살이 있어
다행입니다

아기 나무들도
나랑 친구 되어
내 곁에서
기쁨 지우고

햇살에 사랑으로
뿌리내리고는
햇살을 가득 품습니다

보잘것없는 생각
부질없던 생각
나의 마음도
희망을 품고 햇살을 품습니다.

커가는 반달

밤하늘 반달이 내밀고
시원한 바람이
정겨운 뜰에 내리며
스쳐 지나갑니다

반달의 반반 회동들이
달빛 아래 스르르
이어지는 사연
강물처럼 흘러갑니다

슬픔도 머물고
기쁨도 머물고
좋은 일도 머물고
나쁜 일도 머물고

보름달을 향해
반달은 키우고 있고
우리에 바램도
아름다운 뜰에서 커가고

커지는 반달처럼
좋은 일로 키워지는
우리의 바람들이
곱게 모두 키워지기를

너에게 띄우는
하얀 편지

김영주 시집

2021년 10월 6일 초판 1쇄
2021년 10월 8일 발행
지 은 이 : 김영주
펴 낸 이 : 김락호
디자인 편집 : 이은희
기 획 : 시사랑음악사랑
연 락 처 : 1899-1341
홈페이지 주소 : www.poemmusic.net
E-Mail : poemarts@hanmail.net

정가 : 12,000원
ISBN : 979-11-6284-316-1